# GRANDS PANNEAUX DE PEINTURE

PAR HAFFNER ET PAR BAKALOWICZ

*TABLEAUX — DESSINS — GRAVURES ANCIENNES*

**BIJOUX, OBJETS DE VITRINE**

BRONZES, PENDULES, MARBRES

## MEUBLES

ANCIENS ET MODERNES

CATALOGUE

DES

# Toiles peintes, Panneaux de Décoration

## DESSUS DE PORTES

PAR FÉLIX HAFFNER

***TABLEAUX***

PAR BALLIN, BRISSOT, CÉSAR DE COCK

Appartenant à Madame X...

ET DES

## GRANDS PANNEAUX DE PEINTURE

PAR BAKALOWICZ

Tableaux — Dessins — Gravures anciennes

PORCELAINES — OBJETS DE VITRINE

BIJOUX ORNÉS DE BRILLANTS

*BRONZES, PENDULES ET MARBRES*

## MEUBLES ET SIÈGES

ANCIENS ET MODERNES

TAPIS — TENTURES — OBJETS VARIÉS

**APPARTENANT A DIVERS**

*Dont la Vente aux enchères publiques aura lieu*

HOTEL DROUOT, SALLE N° 1

**Le Samedi 29 Avril 1911, à deux heures**

COMMISSAIRE-PRISEUR

**Me ANDRÉ COUTURIER**

*Successeur de M. Léon TUAL*

56, rue de la Victoire

EXPERT

**M. GEORGES GUILLAUME**

13, rue d'Aumale

PARIS

EXPOSITION PUBLIQUE

**Le Vendredi 28 Avril 1911, de 1 h. 1/2 à 5 heures 1/2**

## CONDITIONS DE LA VENTE

Elle sera faite au comptant.

Les adjudicataires paieront *dix pour cent* en sus des enchères.

L'exposition mettant le public à même de se rendre compte de l'état et de la nature des objets, aucune réclamation ne sera admise une fois l'adjudication prononcée.

Paris. — Imp. de l'Art, Ch. Berger, 41, rue de la Victoire.

# Notice sur Félix Haffner

(1818-1875)

Félix Haffner naquit à Strasbourg en 1818. Son père était un ancien officier retraité du 1er Empire, mais il avait un oncle professeur de dessin qui eut une grande influence sur sa vie.

Il perdit son frère à quinze ans, se lança dans la carrière des Arts avec une ardeur frénétique et fut bientôt en état de soutenir sa mère par les ressources qu'il s'était créées avec ses dessins et ses aquarelles.

Il n'en continua pas moins ses études et résolut d'aller se perfectionner en Allemagne.

En 1840, Haffner vint à Paris, et en 1844, nous le trouvons dans les Landes en compagnie de son ami Jules Dupré, qui personnifiait alors la tendance la plus énergique de la jeune Ecole Française.

Haffner, sans avoir les audaces des grands révolutionnaires de la peinture, a su résumer en lui leurs qualités les plus opposées.

*Théophile Gautier* a apprécié son talent avec une remarquable justesse quand il a dit : « Haffner

« aperçoit la nature comme à travers un prisme « et nuancée des couleurs les plus brillantes. Les « teintes d'ivoire jauni, les costumes noirs et les « fonds de bitume lui faisaient peur, et, tout en « peignant des bohémiennes ou des paysannes, il « fripe leurs haillons épais et les fait miroiter « comme des jupes de taffetas. Si la joue est trop « brûlée par le soleil, il y pose une couche de « fard, et jette un peu de poudre de riz sur le bras « ganté de hâle. Sa manière rustique a des grâces « d'opéra. Mais comme c'est un charmant colo- « riste, on lui permet volontiers ces petits men- « songes qui ne nuisent à personne. »

L'œuvre de Haffner est extrêmement variée. Quelquefois, comme dans le *Marché de Schlestadt*, le sentiment pittoresque déborde. Ailleurs ses paysannes ont du style et sans rien perdre de leur caractère rustique elles se cambrent comme des statues.

Dans le tableau intitulé *Pluie et Beau Temps*, il touche au sentiment quoiqu'avec une pointe de malice : Sur un chemin battu par une effroyable averse, un chasseur accompagne une jeune Alsacienne et partage son parapluie ; ils sont malgré cela trempés jusqu'aux os, mais ils se content de bonnes choses.

Paysagiste plein de chaleur, Haffner sait aussi peindre les animaux avec une incomparable habilité.

Les *Chevreuils surpris* étaient un tableau exquis. On les voit tremblants, effarés, s'élancer d'un mouvement brusque pour échapper au danger dont ils se croient menacés.

Mais notre peintre arrive à une véritable expression dramatique dans ses *Sangliers ravageant un champ de maïs*. Il y a là une brutalité et une sauvagerie bien étonnantes chez un homme qui peint habituellement de si jolies paysannes.

Dans les salons de l'Hôtel de Ville de Strasbourg, Haffner a peint dix dessus de porte, traités avec la touche fière et libre qui le caractérise. Ce sont des paysages, des chasses, des fleurs. Dans l'hôtel Rouher, il a fait les saisons personnifiées par des jeux d'enfants. Il décora aussi plusieurs châteaux. (*Extrait de « l'Art en Alsace-Lorraine, » de* René Ménard.)

# GRANDES TOILES PEINTES

## PANNEAUX DE DÉCORATION

## DESSUS DE PORTES

## Par FÉLIX HAFFNER

ET

## TABLEAUX DIVERS

## Appartenant à Madame X...

# DÉSIGNATION

HAFFNER (Félix)

1 — *La Marchande de poissons.*

Larg., 1 m. 40 cent.

2 — *La Marchande de faïences.*

Larg., 1 m. 20 cent.

3 — *Chat sauvage dévorant un faisan.*

Larg., 1 m. 05 cent.

4 — *Renard tuant une poule.*

Larg., 1 m. 10 cent.

5 — *L'Aigle et sa proie.*

Larg., 1 m. 38 cent.

6 — *Cerf sortant de l'eau.*

Larg., 1 m. 38 cent.

7 — *Épervier menaçant une perdrix et ses petits.*

Larg., 60 cent.

Haut. des sept panneaux., 2 m. 20 cent.

8 — *Les Colombes.*

Haut., 63 cent.; larg., 1 m. 23 cent.

9 — *La Pêche au saumon sur le Rhin.*

Haut., 75 cent.; larg., 1 m. 60 cent.

10 — *La Fête du Bourgmestre.*

Haut., 75 cent.; larg., 3 m. 95 cent.

11-12 — *Perroquet. — Oiseau-mouche.*

Deux peintures en médaillon se faisant pendant. Cadres dorés à perles.

13 à 20 — Huit dessus de portes, présentant des paysages animés, marines, sous-bois, etc., dans des cadres laqués blanc, à frontons-rocailles dorés.

Haut., 76 cent.; larg., 1 m. 60 cent.

BALLIN (A.)

21 — *Marine.*

Toile. Signée en bas à droite.
Haut., 32 cent.; larg., 46 cent.

BRISSOT (E.)

22 — *Moutons à l'étable.*

Panneau. Signé en bas à gauche.

COCK (César de)

23 — *Bûcherons dans la forêt.*

Toile. Signée à droite en bas et datée : *1871.*
Haut., 33 cent.; larg., 46 cent.

# Objets appartenant à Divers

## PEINTURES DÉCORATIVES
## TABLEAUX, DESSINS

### BAKALOWICZ

24 — *Le Festin.*

Larg., 3 mètres.

25 — *Le Bilboquet.*

Larg., 2 m. 08 cent.

26 — *La Partie de cartes.*

Larg., 2 m. 08 cent.

27 — *La Partie d'échecs.*

Larg., 1 m. 56 cent.

28 — *Le Miroir aux alouettes.*

Larg., 0 m. 90 cent.

29 — *Le Fauconnier.*

Larg., 0 m. 90 cent.
Haut. de chaque panneau : 1 m. 40 cent.

### BOILLY (Attribué à)

30 — *Priseurs et fumeurs.*

Peinture sur papier.

### HAQUETTE (Georges)

31 — *Panier de roses renversé.*

Panneau.

INGRES (Attribué à)

32 — *Scène d'intérieur.*

Dessin à la mine de plomb.

KROCKAERT

33 — *Marine.*

PRUDHON (Attribué à)

34 — *Jeune fille tenant une grappe de raisin.*

Dessin au fusain rehaussé de blanc.

ROSIER (A.)

35 — *Venise au clair de lune.*

Panneau.

TITIEN (D'après le)

36 — *L'Amour sacré et l'amour profane.*

Haut., 1 m. 15 cent.; larg., 2 m. 80 cent.

VOLLON (Attribué à ANTOINE)

37 — *La Basse-cour.*

ÉCOLE FRANÇAISE (XVIIIe siècle)

38 — *Personnages devant un château.*

Petite aquarelle gouachée.

ÉCOLE FRANCAISE

39 — *Portraits d'Homme et de Femme.*

Deux pendants dans des cadres dorés.

ÉCOLE ITALIENNE

40 — *Christ en croix.*

Cadre-médaillon en bois sculpté et doré.

ECOLE ITALIENNE

41 — *Danses villageoises devant des ruines.*

ÉCOLE DE 1830

42 — *L'Amour maternel.*

Cadre en bois ajouré.

INCONNU

43 — *Sujet tiré de l'histoire romaine.*

Panneau.

INCONNU

44 — *Le Galant mousquetaire.*

Pastel.

45-46 — Lot de dessins à la plume, par Bayard, Job, Robida, Henri Pille. (Sera divisé.)

# GRAVURES, LIVRES

47 — *Offrande à l'amour.*

Épreuve en couleurs, d'après BOIZOT, par PAPAVO.

48 — *Bacchante.*

Épreuve en couleurs, d'après GREUZE, par BOURGEOIS DE LA RICHARDIÈRE.

49 — *L'Amour ingénieux.*

Épreuve en couleurs, d'après FRAGONARD, par LEGRAND.

50 — *Jean-Jacques Rousseau couronné par les Muses.*

Épreuve en couleurs.

51 — *L'Attention.*

Épreuve en couleurs, d'après ANGÉLICA KAUFFMAN, par HONORÉ.

52 — *La Naissance du Roi de Rome.*

Petite épreuve en couleurs, par BENOIST.

53 — *Vénus et l'Amour.*

Épreuve en noir, d'après VIGÉE-LE BRUN.

54 — *Fanchon dans son enfance.*

— *André, frère de Fanchon.*

Deux épreuves en noir, par SCHENKER, d'après SCHALL et MASSOT.

55 — *Elle mord à la grappe.*

Épreuve en noir, d'après BOUCHER, par MOREL.

56 — *La Musique champêtre.*

Épreuve en noir, d'après LANCRET, par SAINT-FESSAND.

57 — *Naissance et triomphe de Vénus.*

Épreuve en noir, d'après BOUCHER, par DAULLÉ.

58 — *Le Printemps.*

Épreuve en noir, d'après MIGNARD, par DE POILLY.

59 — *Les Adieux à la nourrice.*

— *Le Retour des champs.*

Deux épreuves en noir.

60 — Grande gravure moderne, dans un cadre doré : *Pèlerinage.*

61 à 68 — Lot de gravures anglaises, anciennes et modernes. (Sera divisé.)

69 — Œuvres complètes de Béranger. Quatre volumes ornés de vignettes. Édition 1834; et un volume de musique correspondant au texte des quatre premiers.

70 — Breiz-Izel. Quatre volumes, ornés de gravures, sur les Bretons de l'Armorique. Édition 1844.

71 — Les Fables de La Fontaine. Deux volumes illustrés par Gustave Doré.

## PORCELAINES

72 — Chope en ancienne porcelaine de Chine, à décor de fleurs et rocailles.

73 — Dessous de plat-réchaud en ancienne porcelaine de Chine, à décor de paons et d'arbustes fleuris.

74 — Deux bols en ancienne porcelaine de Chine, l'un à décor bleu, l'autre à décors polychromes d'insectes et de fleurs sur fond capucin.

75 — Petit vase lobé en ancienne porcelaine de Chine, à personnages et fleurs.

76 — Petite verseuse et soucoupe en ancienne porcelaine de Chine, à décor de filets et fleurettes en vert.

77 — Sablier de forme cubique en ancienne porcelaine, à décord de pagodes en bleu.

78 — Coq chinois en ancienne porcelaine décorée.

79 — Cruche en ancienne porcelaine polychrome du Japon.

80 — Deux vases de Satzuma, à réserves, et flanqués de personnages.

81 — Service de vaisselle en porcelaine à la Reine, décor au barbeau, comprenant : Trente-quatre assiettes plates et creuses, un grand plat rond, un autre plus petit, une soupière, une saucière, un sucrier, un légumier et un ravier.

82 — Petit service à crême assorti, composé de sept petits pots, sur compotier-support.

83 — Petit service en porcelaine de Paris, rouge à dorures, comprenant : une verseuse, un sucrier, six tasses et six soucoupes. Epoque Restauration.

84 — Cuvette et son pot à eau en porcelaine de Paris, décorée d'amours et attributs en camaïeu, sur fond d'entrelacs dorés. Epoque de la Restauration.

85 — Deux tasses à anse et leurs soucoupes, décor en rouge et dorures ; porcelaine de Paris. Epoque Restauration.

86 — Tasse et sa soucoupe en porcelaine, à décor de lyres, tritons et cygnes, fond à dorure. Epoque Empire.

87 — Deux petites potiches couvertes en porcelaine de Louisbourg, à réserves rouges fleuries, sur fond à dorures.

88 — Deux petites verseuses en porcelaine décorée.

# BIJOUX

## OBJETS DE VITRINE

### MARBRES ET DIVERS

89 — Paire de boucles d'oreilles, formées chacune d'un brillant monté sur or et platine.

90 — Bague en or, enrichie d'un brillant.

91 — Bracelet, formé d'anneaux, têtes de lions et serpents en or finement ciselé et muni d'un petit médaillon-breloque.

92 — Bracelet-gourmette, muni d'un médaillon-breloque orné d'une pierre verte.

93 — Bracelet souple à mailles cylindriques en or.

94 — Chaîne de montre en or, formée d'un double fil, avec coulant.

95 — Sautoir en or, forme chaînette.

96 — Montre d'homme en or.

97 — Flacon à sel en cristal, garni d'or ciselé à enroulements de rubans, têtes de chiens en bas-relief et attributs divers.

98 — Porte-huilier métal argenté, en forme de bateau, à tritons et à cygnes.

99 — Éventail en écaille blonde; feuille au point à l'aiguille, présentant des initiales enrichies de brillants.

100 — Petite boîte circulaire en écaille blonde mouchetée d'or, ornée au couvercle d'une miniature de femme. XVIIIe siècle.

101 — Petit étui-nécessaire à double couvercle, en bois, décoré au vernis de figurines d'amours sur des nuées; il renferme un flacon et trois petits ustensiles. XVIIIe siècle.

102 — Christ en ivoire sculpté.

103 — Bas-relief en marbre blanc : buste de jeune femme. Signé : *Boucher*.

104 — Groupe, en marbre blanc, d'amours luttant.

105 — Encrier en marbre rouge, surmonté d'une statuette, en bronze patiné, de Mercure.

106 — Statuette en pierre sculptée : le Chant de l'alouette, par Mlle White.

107 — Aiguière et son plateau en métal gravé. Travail persan.

108 — Grande vasque en ancien émail cloisonné à fleurs sur fond bleu; support-trépied en bronze ciselé et doré.

109 — Lampe de suspension en ancien cuivre repoussé, à feuillage et figures.

110 — Paire de lampes en fer forgé.

111 — Cadre en bois sculpté et doré, à rinceaux et coquilles.

## BRONZES, PENDULES

112 — Statuette allégorique en bronze patiné, par Moreau-Vauthier. *Édition Barbedienne.*

113 — Le Penseur, statuette en bronze patiné, par Dubois. *Édition Barbedienne.*

114 — Statuette en bronze patiné de Napoléon, sur socle en marbre jaune.

115 — Statuette de gladiateur en bronze patiné. Signée : *Madrassi.*

116 — Deux bustes en bronze : Racine et Molière.

117 — Groupe de chiens de chasse en bronze. Signé : *Fratin.*

118 — Garniture de cheminée en bronze ciselé et doré, comprenant une pendule flanquée de motifs à volutes et surmontée d'un vase, et deux candélabres à six lumières. Style Louis XVI.

119 — Horloge d'applique et son support en bois verni noir, ornée de bronzes ciselés et dorés à rocailles, coquilles et motifs contournés ; elle porte la signature de *Le Roy*. Époque Louis XV.

120 — Pendule en bronze doré, en forme de vase à anses-col de cygne. Époque Empire.

121 — Pendule Empire en bronze ciselé et doré ; cadran-borne posant sur socle à bas-relief et accosté d'une statuette d'amour.

122 — Flambeau en bronze patiné, présentant des enfants poursuivis par un ours.

123-124 — Lot de flambeaux en bronze ciselé et doré. Epoque Restauration. (Sera divisé.)

125 — Galerie de foyer en bronze ciselé, patiné et doré, présentant des figures de chien et de chat.

## MEUBLES ET SIÈGES

## TAPIS, TENTURES

126 — Petite commode en marqueterie de bois à filets et moulures, ornée d'entrées de serrures et de poignées en bronze et couverte d'un marbre brèche. Epoque Louis XVI.

127 — Commode en bois de placage marqueté de rameaux et de vases fleuris, munie de trois tiroirs à poignées de cuivre et couverte d'un marbre rose veiné. Epoque Louis XVI.

128 — Commode en acajou à filets cuivre, munie de trois tiroirs et flanquée de colonnes engagées à cannelures ; dessus en marbre blanc. Epoque Louis XVI.

129 — Secrétaire en bois de rose marqueté, orné de chutes et entrées de serrures en bronze doré. Il est muni d'un abattant, de deux portes et d'un tiroir, couvert d'un marbre Sainte-Anne et porte l'estampille de *Onheberg*. Époque Louis XVI.

130 — Secrétaire en bois de rose marqueté, muni d'un abattant, d'un tiroir et de deux portes et couvert d'un marbre brèche. Époque Louis XVI.

131 — Bureau à dos d'âne en marqueterie de bois à fleurs, posant sur pieds cambrés et surmonté d'une galerie.

132 — Petit bureau de dame en bois de placage orné de bronzes. Style Louis XV.

133 — Bureau plat en chêne sculpté, de style Renaissance.

134 — Table-bureau en acajou, ornée de bronzes tels que sabots, bagues et anneaux; elle est couverte d'un cuir et ceinturée d'une moulure en cuivre. Époque Louis XVI.

135 — Bahut à quatre portes en bois mouluré et cannelé, posant sur pieds-boules. Époque Renaissance.

136 — Meuble-crédence, muni de portes, casiers et tiroirs, en bois incrusté; de style oriental.

137 — Table-tronchin en acajou posant sur pieds carrés; munie d'un tiroir et de deux tirettes.

138 — Table rectangulaire en acajou, munie d'un tiroir orné de bronzes ciselés et dorés, et couverte d'un marbre blanc à galerie. XVIIIe siècle.

139 — Petite table à trois tiroirs en marqueterie de bois de couleurs, posant sur pieds carrés à tablette d'entrejambe et surmontée d'une galerie de cuivre ajourée. Époque Louis XVI.

140 — Support circulaire en acajou et bronze, couvert d'un marbre vert. Style Empire.

141 — Grande glace à cadre laqué blanc; fronton arrondi à coquille.

142 — Stalle à trois places en bois sculpté à volutes et feuillage. XVIe siècle.

143 — Canapé et six chaises en bois naturel sculpté, couverts de soie brochée à corbeilles fleuries sur fond crème. Époque Régence.

144 — Tapis oriental brodé à bandes rouges et crèmes.

145 — Tapis Tunisien, à dessins géométriques sur fond bleu.

146 — Deux petits tapis persans, composés de carrés à fond rouge, séparés par des bandes brodées.

147 — Lot de tentures, formées de bandes rapportées en laine brodée de différentes couleurs. Ancien travail persan.

148 — Chasuble, étole, manipule, plateau d'hosties et tapis de calice en brocart orné de galons. Époque Louis XIV.

149 — Objets omis.

1911 - Avril 28

VENTE PAR AUTORITÉ DE JUSTICE
(ET CONTINUATION)
DU SAMEDI 29 AVRIL 1911
A DEUX HEURES



# BEAUX MEUBLES

## ET SIÈGES VARIÉS

SALLE A MANGER DE STYLE LOUIS XV

*Chiffonnier, Bureaux, Bibliothèque, Tables, etc.*

GARNITURE DE CHEMINÉE — LUSTRES

**DEUX TAPISSERIES-VERDURES**

EXPOSITION PUBLIQUE
LE VENDREDI 28 AVRIL 1911
*De 1 h. 1/2 à 5 h. 1/2*

COMMISSAIRE-PRISEUR
Me ANDRÉ COUTURIER
*Successeur de M. LÉON TUAL*
56, rue de la Victoire

EXPERT
M. GEORGES GUILLAUME
13, rue d'Aumale
PARIS

## CONDITIONS DE LA VENTE

Elle sera faite au comptant.

Les adjudicataires paieront *dix pour cent* en sus des enchères.

L'exposition mettant le public à même de se rendre compte de l'état et de la nature des objets, aucune réclamation ne sera admise une fois l'adjudication prononcée.

Paris — Imp. de l'Art. CH. BERGER. 41, rue de la Victoire.

# SUPPLÉMENT AU CATALOGUE

DE LA VENTE

***DU SAMEDI 29 AVRIL 1911***

SALLE N° 1

A 2 HEURES

# DÉSIGNATION

## GARNITURE DE CHEMINÉE

## LUSTRES

150 — Garniture de cheminée en marbre et bronze doré, comprenant une pendule ornée d'un groupe et une paire de candélabres à deux lumières présentant des figurines d'enfants. Style Louis XVI.

151 — Lustre-corbeille en bronze ciselé et doré, à cariatides d'amours et fleurettes en porcelaine, muni de cinq lumières et préparé pour l'électricité.

152 — Petit lustre en bronze ciselé et doré, à carquois et amour, muni de six branches de lumières et préparé pour l'électricité. Style Louis XVI.

153 — Lustre, forme boule de gui, en bronze doré et patiné, muni de dix lumières et préparé pour l'électricité.

154 — Lustre en bronze patiné et doré, à figures d'amours et feuillage, muni de trois lumières et préparé pour l'électricité. Style Louis XVI.

155 — Plafonnier en verre dépoli, orné de bronzes ciselés et dorés à guirlandes. Style Louis XVI.

156 — Deux plafonniers en bronze ciselé et doré, à enfilages de perles.

157 — Quatre appareils d'éclairage, formant appliques, préparés pour l'électricité.

# MEUBLES ET SIÈGES

## TAPISSERIES, TENTURES

158 — Salle à manger en noyer sculpté à coquilles rocailles et chutes de fleurs, comprenant : un grand buffet à deux corps, vitré et flanqué de crédences à la partie supérieure, une desserte plate, deux autres à étagères, une grande table et dix chaises foncées de canne et couvertes de coussins mobiles en satin vieux rose. Style Louis XV.

159 — Chiffonnier en bois de rose et de violette, muni de sept tiroirs et couvert d'un marbre. Époque Louis XVI.

160 — Bureau à dos d'âne en bois de violette marqueté, orné de bronzes ciselés et dorés et posant sur pieds cambrés. Époque Louis XV.

161 — Bureau plat en acajou ciré, orné de bronzes, muni de cinq tiroirs et couvert d'un feutre. Style Louis XVI.

162 — Bibliothèque assortie, à trois portes grillagées et ornée de bas-reliefs en bronze doré.

163 — Petite table de chevet en acajou, munie de trois tiroirs et d'une tablette d'entre-jambe. Dessus en marbre brèche à galerie de cuivre. Style Louis XVI.

164 — Guéridon en bois laqué gris, couvert d'un marbre et muni de deux tablettes cannées. Style Louis XVI.

165 — Guéridon ovale en bois laqué gris, à tablette d'entrejambes, et couvert d'un marbre blanc veiné.

166 — Table à thé en acajou, de style anglais.

167 — Grand porte-manteau en bois laqué gris, muni d'une glace et formant jardinière à la partie inférieure.

168 — Porte-parapluies en bois laqué gris et foncé de canne.

169 — Écran en bois laqué gris, muni d'une tablette et orné d'une gravure en médaillon. Style Louis XVI.

170 — Baignoire émaillée et chauffe-bain.

171 — Deux fauteuils à dossiers-médaillon, une bergère et deux chaises, en bois sculpté et laqué gris, à fond de canne. Style Louis XVI.

172 — Canapé, fauteuil et chaise en bois laqué gris et foncé de canne ; dossiers à palmes et cygnes. Style Empire.

173 — Grand canapé en cuir fauve, à capitons. Style anglais.

174 — Bergère à oreillers et coussin, en bois naturel sculpté, à coquilles, rocailles et mascarons, couverte de damas à rayures. Style Louis XV.

175 — Bergère à oreillers en bois sculpté et doré, couverte de soie brochée à fleurs. Style Louis XV.

176 — Fauteuil de bureau en acajou, foncé de de canne.

177-178 — Deux tapisseries-verdures, avec construction, cours d'eau et volatiles ; encadrement à fleurs et oiseaux sur fond noir. Aubusson, XVIII^e^ siècle.

Dim.: Haut., 2 m. 95 cent.; larg. 2 m. 60 cent.
Dim.: Haut., 2 m. 75 cent.; larg. 2 m. 50 cent.

179 — Deux grands panneaux en soie, ornés de broderies de couleur.

180 — Deux rideaux et une portière en peluche chaudron.

www.ingramcontent.com/pod-product-compliance
Ingram Content Group UK Ltd.
Pitfield, Milton Keynes, MK11 3LW, UK
UKHW021959260726
13994UKWH00004B/1852